L'AN 18...

REVUE THÉATRALE

EN UN ACTE.

PAR UNE SOCIÉTÉ ANONYME.

Représentée pour la première fois sur le Théâtre Impérial d'Alger,
LE 10 JANVIER 1857.

ALGER
IMPRIMERIE DE A. BOURGET, RUE SAINTE, N. 2.
1857.

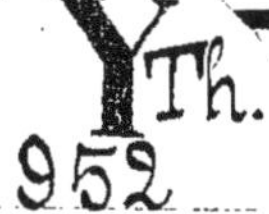

L'AN 18...

REVUE THÉATRALE

EN UN ACTE.

PAR UNE SOCIÉTÉ ANONYME.

Représentée pour la première fois sur le Théâtre Impérial d'Alger,
LE 10 JANVIER 1857.

DISTRIBUTION DE LA PIÈCE.

PERSONNAGES.		ACTEURS.
Dindonnard	MM.	HECTOR.
Un Anglais / Un Zouave.		ULRIC.
Le Mineur		LEMARÊCHAL.
Akhbar		LACROIX,
Colonisation		FLEURET.
Un Monsieur		FERRET.
Jeune Anglais		VADÉ.
Un Biskri		ADOLPHE.
Premier Voyageur		VANDAELEN.
Deuxième d°		VANDAMME.
L'An 18...	Mlles	JOUARD.
Derbouka		BARRAULT.
La Ville d'Alger / La Place du Gouvernement		C. RICHARD.
L'Horloge		ISNARD.
La Jénina		JOLLY.
La Rue de la Lyre		LENORMAND.
L'Anglaise		HELOÏSE.
La Foire		LOUISE.
L'Année 1857		C. VADÉ.
Jeune Voyageuse		BOURGON.
Vieille Voyageuse	M.	TROUFFY.

Voyageurs, Gens d'Alger, Biskris, etc.

ALGER. — IMPRIMERIE DE A. BOURGET, RUE SAINTE, N. 2.

L'AN 18.....

Revue Théâtrale en 1 acte.

LE THÉATRE REPRÉSENTE LA PLACE DU GOUVERNEMENT A ALGER.

SCÈNE Ire.

Des voyageurs suivis de biskris, portant des malles, semblent monter de la Pêcherie et arrivent sur la place.

VOYAGEURS, BISKRIS, GENS D'ALGER, puis **DINDONNARD.**

CHŒUR.

AIR NOUVEAU.

Ensemble.

VOYAGEURS.

Enfin sur ce rivage
Nous trouvons à propos
Le terme du voyage
Et celui de nos maux.

GENS D'ALGER.

Enfin sur ce rivage
Ils trouvent à propos
Le terme du voyage
Et celui de leurs maux.

BISKRIS.

Bono, bono, l'ouvrage
Pour gagnar des douros.
Nous portar le bagage
Beseff comme les chameaux.

1er couplet.

UN VOYAGEUR, *étique.*

A bord, sur ma couchette,
J'ai langui sans secours,
Et pour faire la diète
J' payais douz' francs par jour!

UN AUTRE VOYAGEUR, *boîtant.*

Moi, je n' fus pas malade ;
Mais un' chut', c'est amer !
M'a mis en marmelade
C' que je n' veux pas nommer.

2e couplet.

UNE JEUNE VOYAGEUSE.

Tandis qu'en France on gèle,
Sous de plus doux climats
Nous suivons l'hirondelle
Et narguons les frimats.

DINDONNARD, *en extase devant un indigène.*

J'admire l'indigène.
Ah ! qu'il anime Alger !

UNE VIEILLE VOYAGEUSE, *tenant une chienne.*

J'admir' bien plus ma chienne...
Ah ! *quel animal j'ai !*

Reprise de l'ensemble.

VOYAGEURS.	GENS D'ALGER.
Enfin sur ce rivage Nous trouvons, etc.	Enfin sur ce rivage Ils trouvent, etc.

BISKRIS.

Bono, bono, l'ouvrage
Pour gagnar, etc.

Tous sortent, sauf Dindonnard et le biskri portant ses effets.

SCÈNE II.

DINDONNARD, LE BISKRI.

BISKRI.

Où endar?

DINDONNARD.

Qu'est-ce que vous me chantez là ? Je vous demande mon fils, que tout le monde connaît ici, celui qui s'est illustré sous le nom fameux de *Derbouka.* J'ai appris ses succès en France, et j'accours l'embrasser. Je n'ai pas hésité à traverser ce bras de mer pour le serrer dans mes bras de père. — Où est-il, ce cher enfant ?

BISKRI.

Où endar? Ya Sidi, fissa, fissa...

DINDONNARD.

Fils à? Je vous l'ai dit, fils à moi, fils à papa, mon petit Dindonnard, autrement dit le jeune Derbo ka.

BISKRI.

Si no endar plus loin, donnar l'argent.

DINDONNARD.

L'argent ! toujours ce vil métal ! vous ne savez pas à quel

point je le méprise. — Ah ! vous voulez de l'argent ? Je puis vous en donner, de l'argent ! J'en ai assez gagné dans mon commerce de pâtés d'Amiens, à Amiens, département de la Somme, où je puis dire que j'en ai amassé une fameuse de somme. Mais aussi ! comme je l'ai prodigué, ce vil métal, pendant le voyage (*avec emphase*) transatlantique et de circumnavigation que je viens d'effectuer à travers les lagunes des chemins de fer et les steppes de la Méditerranée. (*A part.*) J'éblouis cet insulaire par mes expressions choisies. (*Haut.*) Je puis dire que j'ai semé l'or sur mes pas : les premières places partout !

AIR de *Ma Normandie*.

J'arrive de la Picardie,
D'Amiens, capital' des Picards,
Pays du cidre d' Normandie
Et des pâtés les plus chicards.
Il m'en a bien coûté, sans doute,
D'abandonner ma vieill' cité ;

Tâtant son gousset.

Mais je l' vois à mes frais de route,
C' n'est pas ça qui m'a l' plus coûté.

Du reste, ça ne m'a pas surpris, je m'y attendais, je m' suis toujours méfié des gens qui prétendent qu'en toutes choses, il n'y a que le premier pas qui coûte.

BISKRI, *avec impatience et criant.*

Ya Sidi fissa, fissa ya Sidi.

DINDONNARD, *lui donnant de l'argent.*

Tenez, prendar, pendar ! mais restar, vous entendard ? (*à part*) ô effet des voyages, je crois que je parle déjà l'Arabe. — Si Mme Dindonnard pouvait m'entendre !

Déclamant en récitatif, sur l'AIR du *Pré-aux-Clercs*.

Enfin, j'arrive donc dans cet Alger fameux
Qui m'a ravi mon plus jeune fils ;
Depuis trois ans je l'appelle de mes vœux,
Il est bientôt temps qu' ça finisse.

L'orchestre prélude à la suite de l'air ; Dindonnard se pose comme pour le chanter ; à ce moment, on entend le Derbouka dans la coulisse.

(*Parlé.*) Mais qu'est-ce que j'entends là ? C'est le Derbouka, Dindonnard mon fils !

SCÈNE III.

DINDONNARD, LE BISKRI, DERBOUKA.

DERBOUKA, *il tient à la main plusieurs nos de son journal.*

Voici le *Derbouka*, demandez, journal de soirée. (*A Dindonnard*) Journal bien bon, Monsieur!

DINDONNARD.

Dindonnard, mon fils, je suis ton père !

Il ouvre ses bras.

DERBOUKA.

Dindonnard, mon père, je suis votre fils !

Ils se précipitent dans les bras l'un de l'autre.

DINDONNARD.

Oui, ton père qui vient pour être témoin de tes succès ! ton père qui s'est dit : mon fils fabrique un journal, j'ai bien fabriqué des pâtés, mon expérience lui servira. Il doit avoir besoin de l'esprit de son père.

DERBOUKA.

Vous avez l'esprit devin, mon père.

DINDONNARD.

J'ai toujours été très fort, ta mère me l'a dit souvent ; mais souffre que je te réembrasse.

DERBOUKA, *se précipitant de nouveau dans ses bras.*

Ce bon père ! Mais comment va maman et mes petits frères.

DINDONNARD.

Tous les Dindonnard prospèrent ; ils attendent, un œil sur la pâte et l'autre sur les sauces, des nouvelles de tes lauriers.

DERBOUKA.

Mes lauriers ! Mais qui donc vous en a parlé ?

DINDONNARD.

La renommée parbleu ! J'ai vu ton nom dans l'*Akhbar* ; alors je me suis dit : l'avènement du *Derbouka* est reconnu par les grandes puissances et cela m'a flatté... car enfin, je suis ton père !

DERBOUKA.

Je veux bien le croire papa.

DINDONNARD.

Que je suis ton père?

DERBOUKA.

Non, que ça vous a flatté.

DINDONNARD.

Mais qu'est-ce que tu as donc sur la tête? Serait-ce la coiffure des journalistes?

DERBOUKA.

Ça! C'est mon emblême.

DINDONNARD.

Mais il est très joli ton emblême, j'en ai toujours plusieurs de ce genre sous la main, sur mes fourneaux... C'est bien là l'emblême des Dindonnard!... Mais je voudrais me reposer moi! me nettoyer! J'ai traversé des marais pour venir jusqu'ici, des terres labourées; a-t-on semé dans ces champs-là?

DERBOUKA.

Que parlez-vous de chant! Le chant c'est mon affaire! Je suis tartinier, mélomane, docteur ès-musique!

DINDONNARD.

Il s'agit bien de musique! — Je te parle des champs ou j'ai pataugé en débarquant.

DERBOUKA.

Ah! C'est le quai.

DINDONNARD.

Què quai?

DERBOUKA.

Le quai du port.

DINDONNARD.

Eh bien! On peut se vanter ici d'avoir un *port frais*.

DERBOUKA.

Ah! Je vous reconnais, vous êtes mon père!

DINDONNARD.

A quoi le reconnais-tu?

DERBOUKA.

A votre *port*.

DINDONNARD.

Ta mère ne m'en a jamais parlé.

DERBOUKA.

Mais il n'est pas fini le quai, on l'arrangera ; il sera un mètre plus haut que l'eau.

DINDONNARD.

Oh ! Alors ce sera un *port haut.*

DERBOUKA.

Ah ! Je vous reconnais, vous êtes mon père !

DINDONNARD.

A quoi le reconnais-tu ?

DERBOUKA.

A la pointe que vous venez de faire.

DINDONNARD.

J'ai fait une pointe ! Je ne suis pourtant pas un pointu... à propos je prendrais bien quelque chose..., un bouillon.., j'ai besoin de me refaire ; voyons, conduis-moi à l'hôtel.

DERBOUKA.

Tenez là-bas... voyez-vous, l'Hôtel d'Orient, ainsi appelé parce qu'il est tourné du côté de ce point cardinal ? Vous y verrez un descendant des *Marius* ; il pourra vous parler de Carthage, dont il reçoit des poules par tous les courriers. C'est là qu'il faut aller. Mais si vous le permettez, je ne vous accompagnerai pas... C'est aujourd'hui le 31 décembre, j'ai énormément à faire ; mais nous pourrons nous retrouver ici.

DINDONNARD.

Comment donc mon garçon ; mais ne te gêne pas ; trouver un hôtel, c'est la moindre des choses ; j'en ai vu bien d'autres dans le voyage transatlantique et de circumnavigation que je viens d'effectuer ! c'est convenu, nous nous retrouverons ici.

Ensemble :

AIR du *Galop de Gustave.*

DINDONNARD.	DERBOUKA.
Je vais dîner Et me reconforter Courons soudain Car j'ai bien faim,	Allez dîner Et vous reconforter Courez soudain Vous avez faim,

Dans un instant	Dans un instant
Ici je suis présent,	Ici soyez présent,
Surtout sois patient.	Je serai patient.

Dindonnard sort suivi de son biskri.

SCÈNE IV.

DERBOUKA, *seul.*

DERBOUKA.

Ce cher papa, il est toujours le même, il vient preudre part à mes succès ; en voilà un père qui a de la chance.

AIR : de la *Corde sensible.*

Un père est sensible à la gloire,
De son fils, c'est pourquoi le mien
A voulu comme une victoire
Célébrer les succès du sien.
Ah ! pour lui qu'elle bonne aubaine,
On va lui vanter mon esprit ;
Car c'nest pas l'esprit qui me gêne... } *bis.*
On en sait quelque chose ici.

Mais, qu'est-ce que j'entends là ! c'est l'année 1856 que l'on tourmente encore.

SCÈNE V.

DERBOUKA, L'AN 18...

AN 18...

Vous me voyez furieuse ! je quitte un tas de mauvaises langues qui prétendent que je n'ai rien fait pour Alger.

AIR : *Contentons-nous d'une simple bouteille.*

Et cependant je puis bien vous le dire,
Au fond du cœur je chérissais Alger,
Vous auriez donc grand tort de me maudire,
Car on m'a vu toujours vous protéger.
J'aurai voulu, bien loin que l'on se plaigne,
Qu'on eut béni mon nom, mais le destin,
Favorisa bien faiblement mon règne,
Pour le bonheur de tout le genre humain.

J'ai pu du moins, pour ma fille chérie,
Semer des fruits déjà prêts à mûrir ;
Le port se ferme et bientôt je parie,
Chemins de fer ! vous allez vous ouvrir...

Ah ! dites-moi que votre gratitude,
Algériens reprendra le dessus,
Et que touchés de ma sollicitude
Vous m'aimerez... quand je ne serai plus.

Mais je compte un peu, sur vous, Derbouka, mon ami, vous me vengerez dans les siècles futurs.

DERBOUKA.

Oui ! si Dieu me prête vie..., car je puis bien vous le confier à vous : Je suis atteint déjà d'une maladie de langueur qui me donne un peu de tintoin : Les médecins appellent ça *tartino, tartinus, musicalibus*, c'est une affection qui rend très triste : aussi quand ça me prend je m'ennuie et j'ennuie les autres, et ça m'arrive souvent ; surtout n'en dites rien devant mon père, ça l'affligerait ; et songez que personne ici ne se doute de ce que je vous dis là ! Mais, pour que je puisse parler de vous, encore est-il qu'il faut que je sache ce que vous avez fait ; quoique pour moi ce ne soit pas une condition indispensable.

AN 18...

Eh bien ! restez ici : la plupart de ceux qui ont vécu sous mon règne doivent venir me dire adieu, et vous le verrez.

DERBOUKA.

Justement voici mon père qui revient. C'est une bonne occasion de lui faire connaître Alger.

SCÈNE VI.

AN 18..., DERBOUKA, DINDONNARD, BISKRI.

Le biskri porte toujours les malles.

DINDONNARD, *au biskri.*

Allons, avançar et apportar. (*Au public sans prendre garde aux personnages en scène*) ! Comprend-on cela ! pas de place à l'hôtel d'Orient ! on m'a offert de m'inscrire pour la première chambre vacante, et elles sont toutes retenues pour un mois. On devrait défendre à un hôtel une pareille prospérité, c'est un de ces vices qui méritent qu'on sévisse. (*Se retournant.*) tiens ! mon fils avec du sexe. Approchons ! Mme Dindonnard est loin. (*Saluant l'an. 18...*) Madame...

DERBOUKA, *à 18...*

Je vous présente mon père, M. Dindonnard, fabricant de

pâtés d'Amiens, à Amiens. (*A son père.*) Je vous présente l'année 1856 !

DINDONNARD.

L'année 1856 ! (*A son fils.*) Dis-moi, elle a l'air bien inquiet, cette dame-là ?

DERBOUKA.

Dam ! elle n'a plus que quelques heures à vivre et ça la chiffonne un peu.

DINDONNARD.

Il y a de quoi ! (*A l'an 18...*) Très flatté, Madame, d'arriver à temps pour faire votre connaissance ; d'autant qu'il paraît qu'un peu plus tard. . C'est extraordinaire ! je dirai plus, c'est singulier !.. Ma foi ! vous me croirez si vous voulez, mais c'est comme moi, dans mon voyage transatlantique et de circumnavigation. Il m'est arrivé une histoire surprenante : C'était en chemin de fer, près d'Avignon, il faisait un froid, mais un froid... que les coqs en avaient la chair de poule... (*Apercevant un individu à longue barbe grise, porteur d'une pioche et qui entre en scène ; à son fils.*) Mais, qu'est-ce qui vient donc là ?

L'AN 18...

C'est un mineur.

SCÈNE VII.

LES PRÉCÉDENTS, LE MINEUR

DINDONNARD.

Un mineur ! comment cet homme-là n'a pas encore 21 ans ! On m'avait bien dit qu'on vieillissait vite dans les pays chauds ; mais ma fougueuse imaginative ne s'en était jamais fait un tel tableau !

LE MINEUR.

AIR du *Galoubet.*

Qui veut de l'eau,
Qui veut de l'eau,
J'en puis donner à tout le monde,
Partout, sous mes pas l'onde abonde ;
A chacun je dis : prends mon eau !
Car je sais où se *cacha l'eau !*

Qui veut de l'eau,
Voilà de l'eau.

Sur le mot de *cachalot*, il se retourne sur Dindonnard qui fait un bond en arrière.

DINDONNARD.

Cachalot ! (*Se remettant et frappant sur l'épaule du mineur.*) Mon jeune ami. (*A part.*) Je puis bien l'appeler ainsi, puisqu'il est mineur. (*Haut*) Mon jeune ami, apprenez-moi donc comment on vous appelle.

LE MINEUR.

Mon nom ? D'autr'eau, parbleu ! le père D'autr'eau, je suis assez connu dans ce pays.

DINDONNARD.

Le père D'autr'eau ! Comment vous seriez déjà père ! c'est incroyable ; à votre âge, je n'y pensais pas encore.

DERBOUKA.

Mais, papa, quand on dit que Monsieur est mineur, c'est comme qui dirait fameux piocheur.

DINDONNARD.

Ah ! j'y suis ! Ce que c'est que d'être père d'un garçon d'esprit : je faisais un calembourg sans m'en apercevoir. (*Au mineur.*) Ainsi donc, père D'autr'eau, vous portez l'eau, comme ça, partout avec vous ?

LE MINEUR.

A votre service.

DINDONNARD.

C'est singulier, jusqu'à présent je l'avais toujours vu porter dans des *seaux l'eau.*

DERBOUKA.

Il n'est pas comme les autres : il sait qu'il faudrait nettoyer ses seaux, pour avoir des *seaux nets ;* il aime mieux s'en passer.

DINDONNARD.

Ce n'est pas si *sot, si son* système est bon ; mais alors, comment porte-t-il son eau ?

L'AN 18...

Il ne la porte pas ; il la fait sortir d'où l'on veut.

DINDONNARD.

Comment ! de cette place, par exemple, il me ferait sortir de *l'eau céans ?* Je parie bien que non.

LE MINEUR.

Le pari est tenu ; mais à condition que Monsieur, sitôt qu'il verra sortir l'*eau paiera.*

DINDONNARD.

N'allons pas si vite. (*A son fils.*) J'ai peur que cet homme avec son *eau triche.*

LE MINEUR.

Je vais plus loin, je vous offre de vous faire sortir de l'eau par les yeux, si vous me laissez faire.

DINDONNARD.

Oh ! pour ça, c'est trop fort. J'accepte, nous allons voir.

LE MINEUR, *il tire de sa poche un oignon qu'il épluche sous les yeux de Dindonnard, qui pleure !* (*Jeu de scène.*)

DINDONNARD.

Mais vous me faites pleurer

LE MINEUR.

Eh bien ! vous avez l'eau demandée. — D'où voulez-vous que je vous en fasse sortir maintenant.

DINDONNARD, *à part.*

Trouvons quelque chose de très difficile. (*Au mineur.*) Je vous tiens pour un grand homme, si vous me faites sortir de l'eau du dos.

LE MINEUR.

C'est dit. — Faites deux fois le tour de cette place en courant, et quand vous reviendrez, je vous garantis l'eau demandée.

DINDONNARD.

Comment il voudrait faire sortir de l'eau du dos d'un dodu Dindonnard ! (*Il parcourt la scène en courant suivi de son biskri qui a ramassé lesmalles et les porte. Pendant ce temps le mineur l'excite en lui criant plus vite plus vite ! — Revenant.*) Mais jesuis tout en nage. je sue à grosses gouttes, ma flanelle est traversée.....

LE MINEUR.

N'est-ce pas ce que vous vouliez ? Je vous ai fait sortir l'eau du dos.

DINDONNARD.

Vous me faites suer avec vos bêtises ! Si c'est là tout ce que vous savez faire, ce n'est pas la peine de porter une pioche ; je ne me servirai jamais de vous.

LE MINEUR.

Dieu merci ! tout le monde n'est pas de votre avis.

AIR :

Heureusement d'une plaisanterie
Bien peu de gens, se montrent ombrageux,
L'esprit français prompt à la raillerie
Quant il le faut, sait être sérieux.

Au minotier, que trop souvent rebute
La sécheresse, aux tristes résultats !
Si je procure une nouvelle chute,
Ah ! croyez-bien qu'il ne s'en fâche pas.

Le laboureur gémit et se désole
Si dans ses champs l'eau cesse de couler ;
Mais j'apparais : l'eau court dans sa rigole,
Et de plaisir, on le voit rigoler.

Du peuple enfin que le travail altère
Ma pioche éloigne ici l'aridité ;
S'il me doit l'eau, que du vin qu'il préfère,
Il boive au moins, un verre à ma santé !

Oui croyez-moi ! d'une plaisanterie
Bien peu de gens se montrent ombrageux,
L'esprit français, prompt à la raillerie
Quand il le faut, sait être sérieux.

Mais adieu, j'ai été demandé par le préfet de Tombouctou et j'y cours.

Il sort en chantant.

Qui veut de l'eau
Voilà de l'eau, etc...

En sortant, il heurte un Anglais qui entre, suivi de sa famille.

SCÈNE VIII.

AN 18..., DINDONNARD, DERBOUKA, L'ANGLAIS, ANGLAISE, JEUNES ANGLAIS, dont un très grand, LE BISKRI.

L'ANGLAIS.

Goddem ! cet homme il était un' brutal !

AN 18...

Voici un voyageur qui a l'air bien en colère; c'est un Anglais.

L'ANGLAIS.

AIR : de la *Bonne Aventure*.

Goddem! jamais je n'ai vu
Un' pareille ville.
Depuis c'matin j'ai couru
Pour un' domicile.
Je demandé du confort
Il disait tous, le butor!
Cherchez par la ville
Milord
Cherchez par la ville!

Et je cherchais beaucoup fort par la ville, mais ce était très difficile.

L'ANGLAISE ET LES JEUNES ANGLAIS, *ensemble*.

O yes, ce était très beaucoup difficile!

L'ANGLAIS, *très triste*.

D'abord, je trôvé le *hôtel de l'Europe*; j'y galoppe et j'entamme un' colloque; je demandé un' logement et des œufs à la coque; on me répondait avec un' language pas équivoque, que je me moque; cela me choque, je suffoque, et Mylady tombé en syncope : en vain j'invoque, je provoque, il fallait sortir de le bicoque; plus loin je trôvé le *hôtel des Ambassadeurs*; oh! bonheur, pour mon cœur, voilà un' restaurateur! j'entre et je dis : Good morning sir... puis avec douceur, je demandé à un serviteur des primeurs et le vin le meilleur... mais, ô douleur! quel malheur, pour un' voyageur! il me répondé cette méchante lôgeur, que le hôtel il était plein de visiteurs et qu'il fallait chercher ailleurs! — Jé croyé qu'il contait à moi une..... couleur, j'entré en fureur et cet homme sans pudeur, il avait fermé le porte sur moâ et sur Milady; ô quel déshonneur, pour un' restaurateur!

Goddem, jamais je n'ai vu
Une pareille ville, etc.

Je arrivé enfin à l'*hôtel de la Régence*, en me disant d'avance, je vais faire bombance, à en juger par l'apparence, et je pourrai, je pense, me remplir le panse; mais à l'instant ou j'avance, mon espérance était trompée par le circonstance que la maison était pleine d'affluence ; quelle indécence ! J'allais tomber en défaillance ; mais je renais à l'espérance, en apercevant le *hôtel d'Orient*, qui me paraissait ôpulent. Je entre en demandant un' appartement ; mais on me dit : A l'instant, une grosse négociant avait pris le dernier restant. (*Avec colère.*) Je tapai avec mon pied fortement. (*Il frappe.*) Comme ça, en criant : Au diable l'impertinent qui me causait cette nouvelle accident. Je cherché un expédient, mais vainement ; il fallait vivre en indigent, avec mes enfants et tout mon argent. Je sorté bien tristement, en grondant et je me trouvé devant le *hôtel de Paris*. Je m'écrie : Tous mes malheurs étaient finis. Je m'introduis, et je dis : Je vôlé lôger ici, moâ avec Milady, et mes petits (*en disant cela il regarde son grand fils*). On me répond : Nenni, tout est pris. — Comment ! tout était pris ! — Oui ! — Au moins, servez-moi du hachis, un karik au picaly, et des perdrix ! — Nenni, tout est pris. — Comment ! pas de salmis ? — Nenni. — De salsifis ? — Nenni. — De coulis ? — Nenni. — Enfin, rien de choisi, rien d'exquis ? — Nenni, nenni, nenni, — tout était fini, il fallait sortir d'ici, moâ, Milady et mespetits. (*Il regarde encore son grand fils en soupirant.*)

TOUS LES ANGLAIS, *ensemble.*

Oh, oui !

L'ANGLAIS.

Je poursuis, cherchant toujours un logis, grand ou petit, mais rien dans ce pays, pas même un taudis.! Voilà pourquoi je dis :

Goddem ! jamais je n'ai vu
Une pareille ville, etc.

L'ANGLAISE ET LES JEUNES ANGLAIS, *ensemble.*

O yes ! nous étions dans une grande désolêcheun !

L'ANGLAIS, *aux personnages en scène.*

Et vous, gentlemen, connaissez-vous des habitêcheun ?

DINDONNARD.

Oui, qu'est-ce qui connaît des logements ? Moi aussi j'en cherche un petit !

L'ANGLAIS, *avec vivacité.*

Je demandé un' habitêcheun pour moâ ! Ce n'était pas pour vô, entendez-vô !

L'ANGLAISE, *repoussant Dindonnard.*

Oh ! nô ! je ne vôlé pas cette grosse homme il lôgé avec nous et moâ !

Dindonnard fait un bond en arrière.

AN 18... *s'interposant.*

Calmez-vous, de grâce ! Eh bien ! Ville d'Alger ! Oseras-tu encore te plaindre de moi, alors que sous mon règne tu vois venir dans tes murs plus de voyageurs que tu n'en peux contenir !

L'ANGLAIS, *très-triste.*

Il fallait donc continuer à demeurer dehors !

DERBOUKA.

Dam ! à moins que la Jénina ne puisse encore vous loger...

L'ANGLAIS.

Où être la vielle Nina ?

DERBOUKA.

Quelle vielle Nina ?

L'ANGLAIS.

Vô dites l'âgée Nina. — Agée ou vielle être le même chose, je crôyé...

DERBOUKA.

Ah ! très-joli, très-joli. — Tenez, justement la voici en personne, allez lui parler.

Au moment ou l'Anglais se dirige vers la Jénina, qui entre en scène, Dindonnard l'arrête.

DINDONNARD, *à l'Anglais.*

Eh bien ! Monsieur, vous me croirez si vous voulez ; c'est comme moi dans mon voyage transantlantique et de...

L'ANGLAIS, *l'interrompant,*

Excuisez, gentlemen, je vôlé parler à Mèdème.

Il écarte Didonnard qui va raconter son histoire au grand fils anglais.

SCÈNE IX.

LES PRÉCÉDENTS, LA JÉNINA.

L'ANGLAIS, *à part.*

Il été très démolle cette milady — (*à la Jénina*) Milady, vôlez-vous coucher moâ ?

JÉNINA, *avec dignité.*

Monsieur!

L'ANGLAIS.

Je demandé si vô vôlez lôoger moâ, avec le femme de moâ et toute le famille de moâ?

JÉNINA.

Ah! C'est différent. (*d'un ton plaintif.*) Hélas! Monsieur vous tombez bien mal!

DERBOUKA, *à la Jénina.*

Ce n'est pas comme vous, car on peut dire que vous *tombez* bien.

JÉNINA.

Trop de *murs murs* s'élevaient autour de moi, on les démolit.

AIR : du *Baiser au Porteur*.

J'aurai bientôt cessé de vivre,
Mes chers amis, Ah! plaignez-moi,
Promettez-moi tous de me suivre,
De suivre du moins mon convoi;
Car de ma grandeur éclipsée
Je n'ai plus que quelques débris.
Hélas! Me voilà délaissée,
Le malheur m'ôte mes amis.

Qui dirait, me voyant si laide,
Que d'Alger, je fus l'ornement;
Pour moi maintenant rien ne plaide
Et je suis dans l'*abattement.*
Chez moi se passaient bien des choses
Quand les Deys pouvaient y venir...
Mais je dois me taire et pour causes,
Car Milady pourrait rougir! (*mines de l'Anglaise*).

On met le comble à ma ruine
Moi, la gloire des Musulmans!
Ah! Comme j'ai mauvaise mine
Depuis qu'on me rase en tous sens!...
Oui, j'ai souffert *pis qu'on* ne pense ..
Mais on me dit que de ma mort.
On comprend déjà l'imprudence
Eh bien *pis, qu'on* a du remord!

L'ANGLAIS.

Pauvre vielle femme!

JÉNINA.

Et ce qui achève de m'abattre, c'est que pendant qu'on me démolit on bâtit autour de moi de nouveaux quartiers ; par exemple, la rue de la Lyre qui est en *perce.*

SCÈNE X.

LES PRÉCÉDENTS, LA RUE DE LA LYRE.

LA RUE DE LA LYRE.

Voilà, voilà, qui m'appelle?

ANNÉE 18...

C'est la rue de la Lyre elle-même.

DINDONNARD, *à la Jénina.*

Vous disiez qu'elle était en *Perse.*

JÉNINA.

Eh! Que n'y est-elle en effet; sa présence ne me causerait pas tant de dépit!

LA RUE DE LA LYRE.

AIR de *Ma belle est la belle des belles.*

On va me bâtir des arcades
Où passeront les gens bien mis!
Les autres rues en sont malades
On va déserter leurs logis!
Je porte le nom de la Lyre
Et mon bon goût en est flatté,
J'ai pour combattre la satyre
Les poëtes de mon côté!

DINDONNARD, *à son fils.*

Pourquoi donc a-t-elle les poëtes de son côté?

DERBOUKA.

Parce qu'un poëte ne pourra jamais la traverser sans penser à *sa lyre*...

DINDONNAND.

Ses bottes?

DERBOUKA.

Mais non... à propos de bottes, savez-vous pourquoi un poëte doit toujours dire la vérité?

DINDONNARD.

Parceque c'est un péché de mentir...

DERBOUKA.

C'est afin d'avoir plus de *véracité.*

L'ANGLAIS.

Il avait l'air très bon enfant cette petit miss. Si elle pouvait lôoger moâ !

JÉNINA, *sèchement, à la rue de la Lyre.*

Il ne suffit pas d'être jeune ma belle; il faut encore se rendre utile; moi aussi j'ai été jeune.

DINDONNARD.

Moi aussi!

L'ANGLAIS.

Moâ aussi!

L'ANGLAISE, *soupirant très haut.*

Oh yes! Moâ aussi!

JÉNINA.

Pouvez-vous loger ces étrangers?

LA LYRE.

Ce n'est pas la bonne volonté qui me manque, ni la place; ce sont les maisons; les miennes sont si petites et l'on bâtit si peu les arcades... que l'on m'a promises! C'est l'argent qui manque à ce qu'il paraît; on ne sait où passent les écus à Alger.

DINDONNARD.

Tenez, dernière vous, belle dame!

A ce moment, passe, au fond de la scène, un Monsieur accompagné d'un biskri, portant un gros sac d'argent.

SCÈNE XI

LES PRÉCÉDENTS, LE MONSIEUR.

LA LYRE.

Ah! je le reconnais, celui-là, c'est un de mes amis. (*l'appelant.*) Mon bijou! comme vous êtes fier aujourd'hui! il paraît que vous avez fait une bonne affaire?

LE MONSIEUR, *descendant la scène.*

Oui, assez bonne; je viens du cercle...

DINDONNARD.

Ah! c'est au cercle que se font les affaires ici?

L'ANGLAIS.

Môsieur vôlait dire le Lloyd; Commercial Lloyd! Je fréquentais bôcoup le Lloyd, à London.

DINDONNARD.

Allons donc!

L'ANGLAIS.

Ou bien, c'était sans doute le club?

DINDONNARD, *au Monsieur.*

Et quel commerce y donne de si beaux bénefs?

LA RUE DE LA LYRE.

Le chemin de fer, parbleu!

DINDONNARD *avec surprise.*

Ah! on s'occupe de chemin de fer, ici?

AN 18...

Hélas, oui!

JÉNINA.

On s'en occupe beaucoup!

DINDONNARD.

On m'avait bien dit que ce pays prenait de l'essor, mais ma fougueuse imaginative ne se le représentait pas si avancé!

L'ANGLAIS.

Ainsi, on s'occupé ici de ces vastes entreprises?

DERBOUKA.

Comment donc! mais on y est très familier avec ces vastes entreprises.

LA LYRE.

On s'en fait un jeu!

L'ANGLAIS.

Je connaissai bôcoup le rail-way; je avais placé de grandes capitaux dans ces affaires.

UN MONSIEUR.

Ah! c'est que ça roule vite, allez!

DINDONNARD.

A qui le dites-vous! J'en sais quelque chose; je l'ai assez vu dans mon voyage transatlantique et de circumnavigation!

LE MONSIEUR.

D'abord, nous autres, nous sommes toujours disposés à en tailler un petit.

DINDONNARD.

Vous voulez dire tracer. (*Il appuie sur ce mot.*)

LE MONSIEUR.

Non, tailler, c'est le mot.

LA LYRE.

Ici, ça ne se trace pas, ça se *taille.*

DINDONNARD, *surpris.*

Ça me la *coupe*! aussi j'oublie toujours que j'ai changé de continent. C'est probablement une expression locale.

LE MONSIEUR.

Ah ! j'ai eu bien des émotions !

DINDONNARD.

La discussion aura été chaude. Je parie qu'il s'agisait de savoir par où on passerait.

LE MONSIEUR.

Oh ! ça n'a pas été long : le temps de jeter les yeux sur la carte.

L'ANGLAIS.

Yes ! Il fallait tôjours consulter le carte, pour déterminer les différents points.

LE MONSIEUR.

Justement. — Le *banquier* en avait huit.

DINDONNARD.

Ah ! il y avait un banquier.

L'ANGLAIS.

Il y avait toujours un banquier à la tête de ces opérations.

LE MONSIEUR.

Tiens, parbleu ! Il faut bien un banquier pour faire aller la *banque*... Je dis donc, le banquier en avait huit. — Je regarde ma carte, j'en avais neuf!

DINDONNARD.

Ah ! vous aviez un point de plus que lui, et d'après votre carte, vous vouliez qu'il y eût une station supplémentaire.

LE MONSIEUR.

Qu'est-ce que vous me chantez, avec votre station ; je crois que vous la perdez, la carte !

DINDONNARD, *stupéfait.*

Moi ! je n'en ai pas !

LA LYRE.

Ainsi donc vous avez gagné, mon chéri ?

LE MONSIEUR.

Mais oui : J'ai fait un assez joli charlot !

DINDONNARD.

Charlot !

L'ANGLAIS.

Charlot !

L'ANGLAISE.

Charlot !

LE GRAND FILS ANGLAIS.

Charlot. !

L'ANGLAIS.

Il paraissait que je ne connaissais pas encore toutes les mots françaises.

DINDONNARD.

Je n'ai jamais entendu ce mot-là à la station d'Amiens, ni dans mon voyage transantlantique.

LA LYRE.

Dites donc ! vous seriez bien gentil de me prêter quelques mille francs.

LE MONSIEUR.

Je ne dis pas non, si je gagne encore ce soir. Je suis en veine de faire de bonnes affaiJes. Voyons, y a-t-il de l'argent à gagner par ici ?

DERBOUKA, *au Monsieur.*

Peut-être... *(un peu confidentiellement)*, si seulement vous aviez un appartement...

LE MONSIEUR, *l'interrompant.*

Si j'ai un appartement ! Mais j'en ai un très-confortable, Dieu merci ! *(l'Anglais s'approche et écoute avec attention, en suivant du geste les paroles du Monsieur).* Antichambre soignée, salle à manger soignée, salon très-soigné, chambres à coucher, cabinet de toilette, un autre pour...

L'ANGLAIS, *l'interrompant.*

Very well, je le lôyé.

LE MONSIEUR.

Mon logement?

L'ANGLAIS.

Yes je le loyé tout de suite. How much?

LE MONSIEUR.

Hein!

L'ANGLAIS.

Je vôlé dire, combien le prix?

L'ANGLAISE.

Dépêchez vô, vô.

LE MONSIEUR, *à l'Anglaise.*

Je vous trouve charmante....

L'ANGLAIS.

Je ne vôlé pas que vô dites des compliments à mon femme.

L'ANGLAISE.

Je ne vôlé pas que vos dites des compliments à moâ. (*elle le pousse.*)

LE GRAND FILS ANGLAIS.

Je ne vôlé pas que vô dites des compliments à mon mère. (*il prend une attitude de boxe.*)

DINDONNARD, *s'interposant.*

De grâce, Messieurs....

L'ANGLAIS, *à Dindonnard, le repoussant et frappant du pied.*

Taisez vô, vô; (*au monsieur*) je demandé combien vô vôlé lôyé.

LE MONSIEUR.

Mais je n'ai pas parlé de....

DERBOUKA, *le prenant à part.*

Puisque vous cherchez l'occasion de faire une bonne affaire.... Combien le payez-vous, votre appartement?

LE MONSIEUR.

1,000 francs par an.

DERBOUKA.

Et s'il vous le payait 1,000 francs par mois....

LE MONSIEUR.

Allons donc ? est-ce que c'est possible !

DERBOUKA.

Essayez toujours, croyez-moi.

LE MONSIEUR.

Au fait, ce serait un joli banco!.. (*à l'Anglais*) Mylord, mes meubles sont... splendides, mes pièces très... splendides aussi; il faudrait que je me logeasse ailleurs, alors c'est un peu cher...

L'ANGLAIS.

Je demandé le prix.

LE MONSIEUR.

1,000 francs par mois, payables 6 mois d'avance.

L'ANGLAIS.

1,000 francs par mois, combien faisait cela en guinées. (*il cherche.*)

LE FILS ANGLAIS.

Twenty five, my dear father, for a thousand, it is one hundred and fifty for six month's.

L'ANGLAIS.

Very wel, twenty five, its good. (*au monsieur*) et vô trô-vé cette prix très cher !. Prenez vô môa pour une petite bourgeoise ! Je lôyé et je payé tout de suite. (*Il tire des bankenotes de sa poche et paie.*) Tenez.... maintenant conduisez moâ et toute le famille de moâ avec Milady.

DERBOUKA, *au monsieur*.

Hein ! Qu'est-ce que je vous disais ?.... Vous me ferez une remise n'est-ce pas ?

LE MONSIEUR.

Oui quand vous roulerez carosse. (*à part*) Je suis fâché maintenant de ne pas lui avoir demandé le double.

LA LYRE.

Quel guignon de n'être pas mieux bâtie ! comme je m'enrichirais en ce moment !

LA JÉNINA.

Quel guignon d'être si démolie ! j'aurais peut-être gagné cet argent là !

L'ANGLAIS, *au monsieur avec impatience.*

Allons, monsieur le propriétaire. Je avais payé vô, je vôlé que vô servir moâ tout de suite, goddem !

LE MONSIEUR.

Voilà, voilà !

DINDONNARD.

Eh mais ! dites donc.... vous n'auriez pas un petit coin à me céder l'un ou l'autre ? Il faut bien que je me fourre quelque part. Je ne serai pas difficile, je me contenterai au besoin d'une soupente. (*gracieusement à l'Anglaise*) Si milady voulait me céder dans son appartement....

L'ANGLAISE, *lui donnant un coup de poing.*

Vous êtes une grosse insolent !

Dindonnard fait un bon en arrière et va tomber près de la rue de la Lyre, qui lui frappe sur l'épaule en lui disant :

LA LYRE.

Aimez-vous la tranquillité ?

DINDONNARD.

Oh ! oui pour dormir.

LA LYRE.

Eh bien ! venez avec moi ; je connais sur mon chemin un hôtel de ce nom où il n'y a pas ordinairement grande affluence, je vous y déposerai en passant.

DINDONNARD.

Ça se rencontre à merveille et je vous suis ; nous pouvons par*tir Lyre !*

DERBOUKA.

Allez, moi je reste avec Madame (*il désigne l'an 18..*) ; ne nous faites pas trop attendre votre retour.

DINDONNARD.

Le temps de prendre la moindre chose... je vais faire un *repas sage* et je reviens... car, franchement, je m'amuse beaucoup de tout ce que je vois ici et je me félicite de plus en plus d'avoir entrepris mon voyage transatlantique et de circumnavigation !

Tous sortent sur l'ensemble suivant, excepté l'An 18 et Derbouka.

Ensemble : Cachucha.

LE MONSIEUR.

Allons, milord, venez,
Dans un instant, j'espère,
En vous livrant les clefs,
Je vais vous satisfaire.

L'ANGLAIS.

Gentlemen, dépêchez
Vô, le propriétaire,
Il faut livrer les clefs
A moi le locataire.

L'ANGLAISE.

Mylord, mylord, venez,
Cette propriétaire
Il va livrer les clefs
A vô, le locataire.

LE FILS ANGLAIS.

My father, venez,
Cette propriétaire
Il va livrer les clefs
A vô, le locataire.

LA LYRE.

Allons, monsieur, venez,
Dans un instant, j'espère,
A l'hôtel vous pourrez,
Grâce à moi, vous refaire.

DINDONNARD.

Belle dame, venez,
Pour moi la bonne affaire
Si vous me procurez
Enfin le nécessaire.

DERBOUKA.

Partez et revenez,
Dépêchez vous, mon père,
Je le crois, vous avez,
Besoin de vous refaire.

AN 18...

Enfin, c'en est assez!
Je crois, la chose est claire,
Que le prix des loyers
Plaît au propriétaire.

LA JÉNINA.

Que d'écus j'eus gagné
Rien qu'avec l'Angleterre,
Si tous ces insensés
Ne m'avaient mis par terre.

SCÈNE XII.

AN 18..., DERBOUKA.

AN 18...

Eh bien! Derbouka, ce que vous venez de voir ne vous prouve-t-il pas déjà l'injustice de ceux qui m'accusent de n'avoir rien fait pour Alger?

DERBOUKA.

Que voulez-vous, Madame, il y a des gens qui ne sont jamais contents de rien. On trouve bien à me critiquer, moi!

AN 18...

Oh! ce n'est pas une raison... mais, il n'est que trop vrai, on ne saurait faire au goût de tout le monde!

AIR du rondeau des *deux maîtresses.*

On ne saurait, la chose est bien certaine,
Venir à bout de tout concilier;
Sur ce point là, croyons-en Lafontaine,
Rappelons-nous la fable du Meunier.

La règle veut que le propriétaire
Vise toujours aux meilleurs revenus;
De son côté, le pauvre locataire
Par ses hauts cris défend bien ses écus.

Si d'aventure il arrive, au contraire,
Un temps de crise à l'endroit des valeurs :
Qui ne rit plus ? C'est le propriétaire;
C'est lui qui pousse à son tour des clameurs.

Ici s'élève une nouvelle rue,
Coquettement vous la voyez briller;
Mais, écoutez la masure abattue
Sous le marteau, vous l'entendrez crier !

Il fait beau temps, courons à la campagne,
Disent ici les joyeux citadins...
Mais on gémit là-bas, dans la montagne,
Sans eau comment féconder les jardins?

On a crié, la chose devait être,
Contre moi-même et contre mes aïeux;
Sans plus de cause, on se plaindra peut-être
De ma fille et de mes petits-neveux.

Car on ne peut, la chose est trop certaine,
Las ! parvenir à tout concilier;
Sur ce point-là, croyons-en Lafontaine,
Rappelons-nous la fable du Meunier !

Mais la journée s'avance et si ceux qui veulent encore me voir ne font pas diligence...

Bruit dans la coulisse.

DERBOUKA.

Bon ! qu'est-ce qui arrive là ?

AN 18...

Je gagerais que c'est encore l'Akhbar et la Colonisation qui font ce tapage ; ils n'en font jamais d'autres.

DERBOUKA.

Précisément, c'est le Nestor de la presse algérienne aux prises avec le moins cher et le plus grand de tous les journaux de l'Algérie.

SCÈNE XIII.

AN 18..., DERBOUKA, L'AKHBAR, LA COLONISATION.

COLONISATION, *se démenant avec vivacité.*

Oui, je le répète, ce n'est pas que je tienne, croyez-le bien, à l'honneur de votre publicité, Akhbar. . que vous êtes ! mais enfin ! (*désignant l'An 18...*), je m'en rapporte à Madame, puisqu'il a donné asile dans ses colonnes à ce jeune bambin (*désignant le Derbouka, mouvement d'humeur de ce dernier*) il me semble que mon nom mérite bien d'y figurer, quoiqu'au fond je m'en moque !

AKHBAR, *avec majesté, au public.*

Afin d'avoir raison de sa prose vulgaire,
Par des alexandrins montrons mon savoir faire. .
Mais ne lui parlons pas, ça double son dépit.
Mon interdit l'accable... il en est interdit !

COLONISATION.

Du reste, je saurai vous contraindre à changer de tactique à mon égard, en ne vous laissant pas un moment de répit. Je prétends vous contredire en tout et sur tout: voyons, parlez, mais parlez donc, que je sache ce que vous attaquez pour que je le défende et ce que vous défendez pour que je l'attaque.

AKHBAR, *toujours au public.*

Public, qu'admires-tu le plus, de son audace,
Où, devant son défit, de mon sang-froid de glace !

COLONISATION.

Vous ne me répondez pas. Cela m'est bien égal ! Si je n'ai pas autre chose à vous dire je me contenterai de vous appeler *Akhbar !*

AKHBAR, *toujours au public.*

Quels sont donc ces farceurs, gais comme un cauchemar,
Qui bornent leur génie à m'appeler Akhbar !

COLONISATION.

Oui Akhbar, rien qu'Akhbar ! c'est assez bien trouvé n'est-ce pas ? (*à l'an 18...*) Convenez qu'une idée aussi spirituelle mérite qu'on s'y arrête, et que la finesse du trait peut tenir lieu de variété.

AKHBAR, *toujours au public.*

Que servirait ici la stérile réplique ?
Je saurai m'abstenir de toute polémique,
Ne voulant pas aider, par ma publicité,
Au succès d'un journal (*avec dédain*) de la localité.

COLONISATION, *le menaçant.*

Journal de la localité !

AN 18. ., *s'interposant.*

Voyons, ne pourrez-vous donc jamais vous entendre ? songez que vous n'avez rien à gagner à cette mauvaise guerre.

DERBOUKA

Oh ça... c'est aussi mon avis ; je sais bien à quoi ils s'exposent en continuant de la sorte.

AN 18...

A quoi donc ?

DERBOUKA.

A faire de mauvaises récoltes...

AN 18...

Comment cela ?

DERBOUKA.

Puisqu'ils *s'aiment si peu ;* et c'est d'autant plus imprudent de leur part, que nous sommes au temps de la *chute des feuilles...*

COLONISATION.

Tâchez de vous en garantir vous-même, mauvaise langue,

DERBOUKA.

Dam ! il y a de plus mauvaises langues que la mienne... celles qui prétendent, par exemple, que vous feriez mieux de vous fondre...

COLONISATION.

Hein !

DERBOUKA.

De vous fondre l'un dans l'autre, puisqu'à vous en croire, il y en aurait un des deux de trop.

AN 18...

Vous êtes bien railleur aujourd'hui Derbouka.

COLONISATION.

Il ne faut pas lui en vouloir, cela lui arrive si rarement.

DERBOUKA.

C'est qu'on ne me comprends pas toujours...

COLONISATION ET AN 18..., *ensemble.*

Oh ! cela est bien vrai.

COLONISATION.

Quelquefois même on ne le comprends pas du tout.

DERBOUKA.

Vous n'avez donc pas deviné que c'est un piège pour pousser à la vente ? Suivez bien mon raisonnement : Un monsieur achète ça (*il tire de sa poche un de ses exemplaires et le montre*) au théâtre, bien ; il le lit, très bien ; il ne comprend pas, de mieux en mieux ; il se dit : c'est que je suis distrait par le spectacle, je ne suis pas plus bête qu'un autre, je lirai ça chez moi en me couchant, ça doit être très profond ! — Rentré chez lui, il se couche et relit l'article, il ne comprend pas encore, et se dit cette fois ; c'est que j'ai sommeil, je verrai cela demain à tête reposée et... il s'endort...

L'AN 18..., *riant.*

Ah ! ah ! ah ! C'est donc au sommeil que pousse votre journal !

COLONISATION.

Il disait à la vente...

DERBOUKA.

Attendez donc ; alors, le matin, le Monsieur rerelit et ne comprend toujours pas ; il s'entête, ne veut pas en avoir le démenti, et finit par se dire : ce doit être une charade dont je trouverai le mot dans le prochain numéro, QU'IL ACHÈTE ! et voilà comment ça fait aller la vente.

AKHBAR.

Laissez nous avec vos futilités... des soins plus graves absorbent mes pensées... Les intérêts de l'Algérie, voilà mon programme. — Pas de discussions inutiles, des faits, rien que des faits, toujours des faits, allons au fait, je ne sors pas de là.

AIR de la *Famille de l'Apothicaire.*

Des faits, Messieurs, toujours des faits,
Je ne comprends pas d'autres thêmes,
C'est par des faits que sont défaits
Les faux calculs, les faux problèmes ;

Pourtant ne m'offrez pas d'effets
Chers abonnés, car par système,
L'*Akhbar* n'estime en fait d'effets
Que l'effet qu'il produit lui-même !

Sur ce dernier vers, il se donne de beaux airs, puis il se pose dans une attitude de méditation qu'il conserve jusqu'à la fin de la scène.

COLONISATION.

Où veut-il en venir avec tous ces faits ; c'est à n'y rien comprendre; (*avec emphase*) moi, Messieurs, voilà ce que je fais.

AIR de *Téniers*.

L'agriculture ainsi que l'industrie
Avaient besoin d'un organe éloquent
Qui pour le bien, l'honneur de l'Algérie
Fit au progrès un appel incessant.
Par sa grandeur ce but me passionne...

DERBOUKA, *l'interrompant.*

... Et pour lui faire une plus large part,
Agrandissant son format, la colonn-
Isation, ne parle que... d'*Akhbar*!

COLONISATION.

Taisez-vous ou je ne vous appelle plus spirituel Figaro !

DERBOUKA, *criant.*

Hélas! Que mon père n'est-il là, je lui présenterais le Christophe-Colomb qui a découvert deux pays nouveaux : La *K'baïlie et* le *pays des M'zabites !*

AKHBAR, *au bruit qui se fait, revient à lui et s'écrie avec impatience.*

Il n'est pas possible de penser à quelque chose de sérieux ici et je vois qu'il me faut quitter la place. Je vais chercher ailleurs le calme nécessaire à mes méditations.

Il sort d'un air magistral, la Colonisation ne s'aperçoit de son départ qu'au moment ou il disparaît.

COLONISATION.

Eh bien! Prétendrait-il m'échapper. . (*criant.*) Akhbar ! Akhbar! (*au public.*) Je le rattrapperai bien sans courir.

Il sort en courant après lui.

SCÈNE XIV.

DERBOUKA, AN 18..., DINDONNARD ET SON BISKRI, *portant toujours les malles.*

En sortant, la Colonisation cogne Dindonnard qui rentre en scène et l'envoie trébucher contre son biskri.

DINDONNARD.

Ah çà ! Est-ce qu'il me prend pour la Jénina, celui-là !

DERBOUKA.

Tiens, c'est encore mon père avec son biskri.

DINDONNARD, *il se promène de long en large sur le devant de la scène, toujours suivi de son biskri.*

Oui, c'est ton père, ton infortuné père, qui cherche encore l'oasis de l'hôtel garni. (*A l'an 18...*) Comprenez-vous cela, Madame? Une rue d'un sombre! Une maison d'un triste ! Un aspect si abandonné que...

AN 18 ..

Que vous n'en avez pas voulu ?

DINDONNARD.

Pas voulu ! Ah bien oui ! Pas de place, tout occupé, de la terrasse à la citerne; quel contre-temps pour un voyageur transatlantique et de circumnavigation! Je n'ai plus qu'un parti à prendre pour ne pas coucher ce soir à la belle étoile, c'est de m'enrôler sous les drapeaux, de m'engager dans les turcos; non, dans les spahis, le costume est plus éclatant; ou plutôt non! Je vais faire quelque mauvais coup et je serai fourré au violon par des *archers!* Au moins j'aurai un gîte, — un gite aux frais de l'État! (*Il se retourne et se trouve nez à nez avec son biskri qui n'a pas cessé de le suivre, portant ses effets.*) Ah? te voilà encore toi! Qu'est-ce que tu veux? Ah oui ! tu vas encore me parler avec ton air *bête, de sommes* à te payer ! Te faut-il encore 50 c., tiens voilà trente sous, mais laissez-moi tranquille. (*Il donne l'argent au biskri qui dépose les paquets par terre et sort en criant : bono ! bono !*) Eh bien ! qu'est-ce qu'il fait donc ?

DERBOUKA.

Il file.

DINDONNARD.

Où donc?

DERBOUKA.

Il file au logis.

DINDONNARD.

Philologie! Je connais ce mot là : mais ce n'est pas une raison pour me laisser en plan avec tout mon biblot... Tiens quels sont ces gémissements?

DERBOUKA.

C'est la place du Gouvernement qui arrive avec la foire.

DINDONNARD.

Mon Dieu! Comme elle est pâle!

DERBOUKA.

Elle en est bleue!

DINDONNARD.

Allons donc! Je la vois *pâle sans bleu!*

DERBOUKA.

Il n'y a pas besoin de jurer pour çà...

DINDONNARD.

Ah ça! es-tu bête! je te dis qu'elle est *pâle toqué.*

DERBOUKA.

Ce n'est pas étonnant; elle a été envahie quarante jours par celle qui l'accompagne.

DINDONNARD.

Quarante jours! comme le déluge!

SCÈNE XV.

LES PRÉCÉDENTS, LA PLACE DU GOUVERNEMENT, LA FOIRE.

LA PLACE, LA FOIRE, *ensemble.*

AIR :

Ah! ah! ah! ah! ah! ah! ah! ah!
Hélas! je l' sens là...
Son / Mon } infortune
M' / L' } importune.
Ah! ah! ah! ah! ah! ah! ah! ah!
Hélas! je l' sens là...
Ça ne peut pas durer comme ça!

L'AN 18...

Voyons, pourquoi ces plaintes? expliquez-vous.

LA PLACE.

Ce n'est pas assez d'avoir été si longtemps incommodée par elle, il faut encore qu'elle me poursuive de ses doléances.

LA FOIRE.

Oui, madame! elle m'avait promis monts et merveilles pour me retenir...

DINDONNARD.

La retenir!

LA PLACE.

Vous retenir! Dieu m'en préserve!

LA FOIRE.

Vous ne m'avez pas toujours parlé ainsi... vous espériez, par ma présence, attirer de nombreux visiteurs aux hôtels et aux cafés qui embellissent vos abords.

LA PLACE.

Allons donc, ma chère! avais-je besoin de vous pour attirer la foule!

AIR de *la Foire aux Idées.*

Ah! n'ai-je pas lieu d'être fière
De mes avantages nombreux?
Je suis assez belle, j'espère;
Qui donc plus que moi plaît aux yeux?
Le soleil aime à me sourire;
Il sait me préserver du froid,
Et les promeneurs qu'il attire
Ne sauraient se passer de moi!

Que deviendrait, je le demande,
Sans moi, la foule, à certains jours;
Sur quelle autre place assez grande
Pourrait se porter son concours...
Ne suis-je pas, à toute fête,
Indispensable?... En bonne foi,
Il n'en serait pas de complète
S'il fallait se passer de moi.

Sous ce brûlant climat d'Afrique,
Pour tous quel charme, de pouvoir
Aux doux accords de la musique
Aspirer la brise du soir.

Pour ce salutaire exercice
Et celui qu'au nom de la loi
Doit exécuter la milice...
Pourrait-on se passer de moi ?

D'Alger, ville aux étroites rues,
Je suis le seul endroit charmant
Qui, par ses larges avenues
Convienne aux modes d'à-présent...
Aussi les gens de bonnes mines
Me recherchent ; l'on sait pourquoi...
Nos élégantes crinolines
Ne pourraient se passer de moi !

Ainsi, vous le voyez, votre assistance m'était parfaitement inutile.

LA FOIRE.

Tout cela n'empêche pas que vous m'ayez éblouie par de belles promesses ; mais c'est à peine si l'on a fait attention à moi... Je n'ai pas fait mes frais, et cette spéculation m'a complètement coulée ; j'en suis encore malade de chagrin...

DINDONNARD.

Le fait est que cette pauvre femme est très jaune...

DERBOUKA.

Ce doit être l'effet du pain d'épice dont elle a un peu abusé.

LA FOIRE.

Aussi, je me suis décidée à changer de commerce. Je viens de recevoir de Paris les modes les plus nouvelles, et j'espère... Justement, voici venir de ce côté plusieurs de nos élégantes...

SCÈNE XVI.

LES MÊMES, LES CRINOLINES.

LA FOIRE, *aux crinolines*.

Mesdames, vous arrivez à propos. Je savais vous rencontrer ici, et je vous ai préparé une exhibition qui, j'en suis certaine, vous sera très agréable. Ce sont les modes de 1857 que je vais faire passer sous vos yeux. Afin de vous mettre à même d'en juger, je les fais porter par mes demoiselles de magasin, qui doivent venir me retrouver ici... Et, tenez, les voilà... (*Entrent les fourreaux.*)

LES CRINOLINES, *ensemble.*

O ciel ! quelle horreur !

LA FOIRE.

Eh quoi! ne seriez-vous pas charmées, séduites par cette grâce, cette tournure, cette élégance!... Vraiment, j'attendais mieux de votre goût!

AIR *Au temps heureux de la Chevalerie.*

Devant leur mode et plus simple et moins chère,
Éclipsez-vous, trop bouffantes beautés;
Allez porter dans un autre hémisphère,
Cerceaux vivants, vos amples nouveautés.
Ce changement, grâce à votre envergure,
Ne vous sera ni coûteux, ni très long.
Sans hydrogène, avec votre parure,
Vous pourrez bien voyager en *ballon.*

UNE CRINOLINE.

Oui, nous fuyons une ingrate patrie
Où nos soufflés cessent d'être en honneur,
Où nos volants; contre lesquels on crie,
Du sexe aimé décuplaient la valeur.
Nous pourrions bien, avec l'appui des hommes,
Combattre encor votre mesquin sarreau;
Mais nous fuyons, dans la crainte où nous sommes
De voir tirer le glaive du *fourreau.*

La Place du Gouvernement et toutes les crinolines répètent les deux derniers vers.

LA PLACE DU GOUVERNEMENT, (*à la Foire.*)

Et puissè-je, par cette séparation, être à jamais débarrassée de vous.

Elle sort.... Fausse sortie des crinolines.

UNE CRINOLINE, *au moment de sortir.*

Mais, au fait, pourquoi la suivre, puisque c'est la mode? Vive la mode !

TOUTES LES CRINOLINES, *rentrant.*

Vive la mode !

LA FOIRE.

Enfin, j'ai donc trouvé la fortune !

DINDONNARD.

Elle a trouvé la fortune ! Où donc a-t-elle trouvé la fortune ?

SCÈNE XVII.

LES PRÉCÉDENTS, UN ZOUAVE.

LE ZOUAVE

La fortune ! je m'en moque pas mal ! La santé, la gaîté, l'amour, l'appétit, tout ce qui se termine en *i*, tel que la dânse, à la bonne heure ! parlez moi d'ça ! — Ça repose du carembolage de l'année passée en Russie et on reprend des forces pour celui de l'année prochaine en K'baïlie. — Mars, Bacchus et Cythère, voilà ma Mythologie ! je ne sors pas de là ! (*aux personnages en scène*) Personne n'a vu Tibulle ici ? (*à Dindonnard*) vous n'avez pas vu Tibulle ? (*au public*) qu'est-ce qu'à vu Tibulle ? — Tibulle c'est un camarade, un infirmier qui n'est pas infirme et qui m'a soigné comme un frère pour cause de biscayen. Sans ses petits soins je n'aurais vraisemblablement pas le plaisir de vous voir en ce moment !

DINDONNARD.

Un infirmier !

LE ZOUAVE.

Ça vous étonne ? vous n'aimez peut-être pas ce corps-là à cause de l'uniforme ! nous ne pouvons pourtant pas porter tous le même... Dailleurs pour être habillé différemment, en est-on moins brave et bon troupier ! nous sommes tous frères dans l'armée, il n'y a pas de distinctions.

AIR de *Ne raillez pas la garde citoyenne.*

Fraterniser c'est notre politique,
De l'union sont nés nos grands succès,
Qu'on soit zouzou, housard, chasseur d'Afrique
Qu'importe, avant on est soldat Français !

Pour le pays, sa gloire et sa puissance
Ah ! mes amis restons toujours d'accord,
Chacun de nous est utile à la France,
C'est grâce à tous que son bras est si fort !

Faut-il former une profonde ligne
Et se masser en bataillon carré ;
Voici venir et la garde et la ligne
Ah ! le succès, d'avance est assuré !

Faut-il courir, sus, à l'infanterie
Que l'ennemi fait marcher au combat ;

Attention ! c'est la cavalerie
Qu'on va charger de cette charge-là !

Mais s'agit-il, vers une citadelle,
De s'avancer prudemment de concert ;
A toi sapeur ! trace la parallèle,
Protège-nous par un chemin couvert.

Et maintenant s'il faut ouvrir la brèche,
Nous allons voir l'artilleur engagé ;
Gare dessous ! chaque éclair de sa mèche,
Lance la foudre au murs de l'assiégé !

L'assaut, enfin, se prépare on s'avance,
Chasseur, zouave attendent le signal,
Le clairon sonne et chacun d'eux s'élance....
C'est le moment de commencer le bal !

Le canon tonne et la lutte s'engage...
Ah ! que de sang pour un peu de laurier !
Qui donc arrive au milieu du carnage
Nous secourir..... si ce n'est l'infirmier.

Avec sentiment.

Ah ! j'oubliais nos braves cantinières ;

Se découvrant.

Les bonnes sœurs qui nous suivent au feu...
Au champ d'honneur, les unes sont nos mères,
Les autres sont, nos anges du bon Dieu !

Mais qu'est-ce donc ? le bruit des projectiles
Dans tous nos rangs se ralentit soudain ;
Nous en manquons, ô ciel !... soyons tranquilles !
J'entens rouler les lourds fourgons du train.

Souvenons-nous qu'en cherchant d'autres plages,
Le marin nous préserva du tombeau ;
Nous lui devons de revoir nos rivages
Et d'y planter not' glorieux drapeau !

Que nous servions en France en Algérie
Inspirons-nous des mêmes sentiments....
Le même cœur pour la même patrie,
Ne bat-il pas dans tous les régiments !!!

Fraterniser, c'est notre politique,
De l'union sont nés nos grands succès,
Qu'on soit zouzou, housard, chasseur d'Afrique
Qu'importe, avant on est soldat Français !

DINDONNARD.

Tiens, moi qui voulais m'engager tout à l'heure... vous je—

tez l'incertitude dans mon esprit. Je ne sais plus ce que je voudrais me faire : turcos, spahis, zouave, infirmier ou gendarme ?.. mais je crois que je pencherais pour l'infirmier..... vous m'avez ému en chantant sa valeur ! (*Il s'essuie les yeux*).

On entend sonner plusieurs quarts dans la coulisse.

L'AN 18..

Voila l'horloge qui vient m'avertir que l'heure s'avance ; la cruelle ne me fera pas grâce d'une minute.

DINDONNARD, *à part.*

Ma foi ! je n'en suis pas fâché ; j'attends qu'elle s'en aille pour en faire autant. Il y a pas mal de temps que ça dure, toutes ces petites scènes là, et de scènes en scènes nous ne devons pas être loin de *vingt-scènes.*

SCÈNE XVIII.

LES PRÉCÉDENTS, L'HORLOGE.

L'HORLOGE.

AIR : de *Simple Fleur.*

Oui c'est moi, je puis m'en flatter,
Qu'on entend tinter
A chaque quart d'heure ;
De ma demeure
Je vais déloger,
Et d'où je vais loger
Dominer Alger.
Ah ! ah ! ah ! ah !. . . . .
. . . .
Ah ! pour moi quel plaisir
D'être la reine ;
Non plus de peine
Puisque j'ai pu sortir
Du cercueil où je me sentais mourir.
Oui c'est moi, etc. etc....
Au lieu de me cacher
Je vais être vue
De plus d'une rue,
Et sous mon beau clocher,
Je veux tâcher de marcher sans clocher.
Oui c'est moi, etc., etc....

L'AN 18..

En vérité ma chère, vous avez un air de contentement et

de fraîcheur, qui vous change tout à votre avantage. Vous n'étiez pas ainsi au commencement de mon règne. — Un an de plus vous a rajeunie de dix années.

L'HORLOGE.

Que voulez-vous! une horloge bien *élevée* doit se *régler* d'après sa position, — autrefois j'étais prisonnière ; cela me rendait triste et maussade, vous m'avez permis de changer de place et le *mouvement* m'est salutaire ; une horloge c'est fait pour *marcher*. On s'occupe de placer les charpentes sur lesquelles je dois être *montée*, j'espère qu'on va bientôt s'occuper de *ma sonnerie*. — Quand je serai là, on ne pourra pas dire que l'horloger *cache aux* yeux son plus bel ouvrage.

LE ZOUAVE, *se frisant la moustache*.

Une jolie fille comme vous, ça se voit toujours avec plaisir, ne retardez donc pas cet heureux moment.

L'HORLOGE, *elle se recule avec timidité*.

Je ne *retarde* jamais.

LE ZOUAVE, *il la ramène par la main, d'un air galant*.

Vous ferais-je peur? ne craignez pas d'avancer.

L'HORLOGE, *toujours timidement*.

Je *n'avance* jamais.

DINDONNARD.

Je lui en ferais bien, moi, des avances, si je restais ici; d'abord je ne passerais pas de fois devant elle, sans stationner pour la contempler.

LE ZOUAVE.

Alors vous feriez comme les vieilles patraques...

DINDONNARD.

Comment! Vieille patraque!

LE ZOUAVE.

Puisque vous vous *arrêteriez*...

DINDONNARD.

Il a réponse à tout.

LE ZOUAVE.

Tout çà, mes enfants, c'est très beau certainement, mais passons à un autre exercice. (*s'avançant sur le devant de la scène et imitant Robert-Houdin. Au public.*) Mesdames et Messieurs, nous allons finir gaiement la soirée par plusieurs expériences que M. Robert-Houdin a bien voulu m'enseigner et que je me ferai un véritable plaisir de vous montrer. — Vous allez voir comment avec rien on peut faire quelque chose. (*montrant un bouchon de carafe qu'il tire de sa poche.*) Vous voyez cette boule de cristal. — Je n'en ai pas d'autre sur moi. — Il s'agit de colorer cette boule de cristal, en la faisant passer dans une bouteille de vin. — Ce tour est très facile, il ne s'agit que de le faire. — Voici la boule, ne la perdez pas... de vue. — Y a-t-il dans la salle une personne qui ait sur elle une bouteille de vin? Quelqu'un veut-il me confier une bouteille de vin? Comment personne? (*après une pause, remettant le bouchon dans sa poche*). Alors passons à une autre expérience... Aussi bien ce tour manque de gaité... — Je vais vous faire celui de la pièce de cent sous. — Une pièce de cent sous, c'est quelquefois plus facile à se procurer qu'une bouteille de vin. Beaucoup de personnes peuvent ne pas avoir une bouteille de vin sur elles et avoir une pièce de cent sous. Qui voudrait m'en prêter une? Remarquez que je ne demande pas une pièce de *vingt*, mais une pièce de cent sous. (*Dindonnard fouille à sa poche pendant qu'il parle et semble se consulter.*) Est-ce vous Monsieur! — Vous Madame? (*du parquet quelqu'un lui tend une pièce.*) Ah! bien Monsieur, veuillez là marquer, s'il vous plaît, pour que vous puissiez la reconnaître; Je rends presque toujours les objets qui me sont confiés. (*le compère lui jette la pièce*) Merci, Monsieur. Maintenant il me faudrait un mouchoir. (*à Dindonnard.*) Voulez-vous me prêter votre mouchoir.

DINDONNARD.

Volontiers. (*il lui donne le sien*).

LE ZOUAVE, *déplie le mouchoir, l'examine et le rend à Dindonnard, en s'essuyant le nez avec.*

Votre mouchoir est trop grand Monsieur, il m'en faudrait un plus petit. (*au public.*) Quelqu'autre personne voudrait-elle me confier le sien? Un mouchoir blanc? — Personne? Alors Je prends le mien. (*il tire son mouchoir de sa poche, l'étale par terre, place délicatement la pièce dedans et ramène les quatre coins du mouchoir sur la pièce.*) Vous le voyez Messieurs, je place la pièce dans le mouchoir et je ramène les quatre coins du mouchoir sur la pièce. — Voulez-vous vous assurer que la pièce est bien dans le mouchoir. (*Din-*

donnard la tâte.) Elle y est bien n'est-ce pas? (*au public.*) La pièce est bien dans le mouchoir. — A présent, je mets le mouchoir dans ma poche... Vous voyez que je le mets bien dans ma poche. (*à Dindonnard.*) Voyez, Monsieur, si le mouchoir et la pièce sont bien dans ma poche... — Moi je trouve qu'ils sont *bien*, dans ma poche! (*au compère.*) C'est vous, Monsieur, qui m'avez prêté la pièce de cent sous? C'est bien à vous qu'elle appartient? — Parfaitement! — Eh bien! Monsieur, en sortant, achetez une orange à la porte et votre pièce sera dedans!

DINDONNARD.

Je parierais que ce n'est pas la pièce qui sera *dedans*. Je me félicite bien de ne pas lui avoir donné la mienne.

LE ZOUAVE.

A présent, passons à une autre expérience. — Je vais escamoter une personne! Cette expérience terminera la soirée. — Vous avez pu voir opérer M. Robert Houdin ; vous avez dû remarquer qu'il escamote la personne sur une table. — Or, une table, c'est toujours plus ou moins préparé. — Je propose mieux : Je vais faire le tour surle *sol, là.*

DINDONNARD.

Quoi! sur ce *sol l'ami ?*

LE ZOUAVE.

Oui, et vous pourrez tous dire demain : il a escamoté sur ce *sol ci,* celui ou celle qui *s'y mit.*

DINDONNARD.

Ce*la m'irait,* si j'étais sûr de ne pas me retrouver aussi dans une orange.

LE ZOUAVE.

Oh! vous, mon vieux, vous êtes trop gros.

DINDONNARD.

J'aurais cependant bien désiré avoir ce *récit là* à faire à Madame Dindonnard.

LE ZOUAVE.

Et, de mon côté, je vous aurais choisi volontiers pour mon expérience ; car, pour éviter les émotions, je n'escamoterais pas un mari dont on verrait *la femme ici* (la, fa, mi, si). *(Au public),* Mesdames et Messieurs, y a-t-il parmi vous une personne de bonne volonté qui veuille se faire escamoter. Quelqu'un d'élancé !... — Ou bien, si nous escamotions plutôt quelqu'un d'embarrassant, l'auteur de cette pièce, par exemple. — Est-il ici ? — Je vois ce que c'est, il n'ose pas se montrer. — Une idée me vient ! A défaut de l'auteur, si nous escamotions la situation !

Le Zouave va prendre dans la coulisse un énorme gobelet comme celui de Robert-Houdin ; au moment où il rentre en scène minuit sonne : tous les personnages qui ont paru dans le cours de la pièce rentrent et occupent le fond du théâtre ; l'An 18 s'affaisse sur elle-même en s'écriant.

L'AN 18...

Voici ma dernière heure !

LE ZOUAVE.

Cachons aux yeux ce triste trépas ! *(Il recouvre l'an 18... de son gobelet. — Au public)* : Vous le voyez, je n'ai besoin ni de table, ni de planche, ni de domestique. — Je commence à sentir quelque chose ! — M. Robert Houdin escamotait très-bien une personne ; mais il ne suffit pas d'escamoter une personne ; quand on retranche une personne de la société, il faut la remplacer, et c'est ce que vais essayer de faire. — Oh ! oh ! voyons si j'ai réussi...

Il enlève le panier, et la Ville d'Alger, donnant la main à 1857, se trouve dessous ; la Ville d'Alger s'avance sur le devant de la scène, conduisant la petite Année, et déclame la tirade suivante :

LA VILLE D'ALGER.

C'est quand ils ne sont plus qu'on rend justice aux gens !
Les détracteurs alors deviennent indulgents,
Car de l'homme toujours, l'impartiale histoire
Au sentiment du vrai ramène la mémoire.
Vous avez vu finir celle qu'on va juger...
Sa défense appartient à la ville d'Alger...
Nous en avons reçu trop de biens en partage
Pour ne lui devoir pas ce légitime hommage,
Nous qu'elle préserva des bouleversements
Terribles résultats du jeu des éléments !...
Les inondations désolant la patrie,
Les tremblements de terre, effroi de l'Algérie,
Nous ont tous épargnés... affranchi du malheur,
Alger n'eût, on le sait, que le mal... de la peur
Mais ce n'est rien encor, cette faveur insigne
De son protectorat n'est pas l'unique signe ;

Autour de nous, voyez quelle prospérité
Appelle l'abondance et la fertilité,
Voyez ! jusques au sein des arides montagnes
Des villages nouveaux transforment nos campagnes ;
Les champêtres travaux habilement conduits
Dotent notre heureux sol des plus riches produits ;
Des vallons, des côteaux, naguère sans culture
Se couvrent de moissons, de vignes, de verdure ;
Par de nouveaux chemins la circulation
Donne un nouvel essor à la production ;
Et, grâce à ces progrès, sur tout le territoire,
Nous allons joindre enfin le profit à la gloire !

Tandis que nous voyons au-dedans s'accomplir
Ces immenses bienfaits, gages de l'avenir,
Des visiteurs nombreux que le climat invite,
L'affluence a rendu la ville trop petite ;
En vain de vieux quartiers, d'antiques monuments
Font place à de petits et de grands bâtiments,
En-deçà de nos murs la place est trop restreinte,
Il faut l'aller chercher au-delà de l'enceinte.
Ah ! de ces capitaux qui nous tiennent rigueur,
La belle occasion d'exploiter la valeur !
Qui peut les retenir? Sur quel autre rivage
Le précieux métal produit-il davantage ?
Qu'on lève seulement le funeste interdit
Que font peser sur nous les docteurs du crédit,
Et l'on verra bientôt la jeune capitale,
En splendenr, en beauté, devenir sans rivale !

A 1857.

A ce règne fécond le tien va succéder...
Les travaux entrepris vont puissamment t'aider ;
Des fruits déjà semés la récolte certaine
T'assure le produit et t'épargne la peine.
Avec moins de labeurs, d'efforts infructueux,
Tu pourras acquérir un nom plus glorieux...
Tout s'annonce pour toi sous ces heureux auspices
Qui préludent toujours à des destins propices.
Sur un terrain meilleur, préparé sagement,
D'un pouvoir protecteur la main vers toi s'étend ;

Tandis qu'un chef puissant, éclairé, sage, habile,
Va soumettre à nos lois l'indocile Kabyle
Et faire respecter les biens déjà conquis,
En étendant encore les ailes du pays,
Tu vas pouvoir ici, de ta devancière,
Poursuivre l'œuvre utile à l'Algérie entière.
Vois ! une paternelle administration
Te promet son concours et sa protection ;
Le chemin est tracé, l'impulsion donnée,
Accomplis donc, enfant, ta belle destinée !
Et par un règne heureux, fais que l'humanité
Porte *cinquante-sept* à la postérité !

La ville d'Alger accompagnant toujours la jeune année, se dirige vers le fonds du théâtre. Pendant ce temps Dindonnard s'approche du zouave :

DINDONNARD, *au zouave.*

Dites-moi donc ! cette petite : elle a un 18 sur la tête comme la grande que vous avez escamotée tout-à-l'heure, juste au moment où j'allais vous demander l'explication de ce numéro ! Pouvez-vous me dire ce que cela signifie ?

LE ZOUAVE.

C'est une coiffure de famille...

DINDONNARD.

Ah ! dans sa famille, ils ont tous la tête dans le même bonnet ?

LE ZOUAVE.

Depuis 56 ans !

DINDONNARD.

Mais cela ne m'explique pas...

LE ZOUAVE.

C'est une abréviation....

DINDONNARD.

Une abréviation ! dites un logogriphe, et je n'en ai jamais pu deviner un seul...

LE ZOUAVE.

C'est bien clair, cependant. Qu'est-ce que vous voyez sur sa coiffure ?

DINDONNARD.

18 — parbleu !

LE ZOUAVE.

Voyez-vous 57?

DINDONNARD, *après avoir regardé avec attention.*

Pas le moins du monde.

LE ZOUAVE.

Eh bien ! vous voyez donc *18 sans 57 !*

FINAL. (au public.)

JÉNINA.

On dit partout que l'on fera de moi
Certain jardin qui doit être superbe,
Beaucoup de gens aim'raient mieux voir, je crois,
Ce jardin là, rester toujours en herbe.

L'HORLOGE.

On m'a r'proché plus d'un déréglement,
Vous l'oublierez quand je serai meilleure,
Je veux vous plaire afin qu'en me r'gardant
Chacun de vous s'écrie : *Ah! la bonne heure!*

LE MINEUR.

Allons, Messieurs, qui réclame D'autr'eau?
Dès qu'on me paye aussitôt je la donne...
Sans êt' savant, quand je fais couler l'eau,
J'entends souvent s'écrier : *Qu'elle sort bonne!*

LA VIEILLE FEMME, *portant un chien.*

Pour nous soustraire à l'impôt sur les chiens
Zémire et moi nous venons en Afrique,
Mais v'là qu'on veut nous imposer ; je m'plains !
Tant pis si c'est un délit politique !

L'ANGLAISE.

Je le vôyé, ça flattait mon fierté,
Aucun pays ne valait l'Angleterre,
Pour apprêter le plom-pudding, le thé,
Et le rosbeef avec les pommes de terre.

DINDONNARD.

Un' belle ville, c'est la ville d'Amiens,
Un beau pays, ah ! c'est la Picardie !
Et cependant ça m'paraît, j'en conviens,
Bien loin d'Alger et même de l'Algérie !

LE FILS ANGLAIS

Les femm' ici me semblait très joli
En vérité, ce n'est pas une... craque ;
Et les cheval et les chameaux aussi,
Et je vôlé emporter un de chaque.

LA COLONISATION.

Vous qui m'blâmez d'être trop agressif,
Et pour Akhbar de manquer de tendresse,
De votr' critique on connaît le motif :
Vous n'aimez pas les libertés d'la presse !

LE DERBOUKA.

J'ai dit ailleurs et *je* répète ici :
Un cordonnier doit parler de chaussures...
Mais Ben-Ronmi... cependant Piféar....
Voilà, messieurs, ce que je voulais dire.

LE BISKRI.

Sidi public, si toi public bono,
Alors venir au bureau dir : Caddasch ?
Et pour entrar, donnar sordi, douro
Beseff, beseff... autrement toi macasch !

La toile tombe, à ce moment Dindonnard qui s'est avancé sur le devant de la scène pour ramasser ses bagages, se trouve pris entre la toile et la rampe.

DINDONNARD.

Eh bien ! Qu'est-ce qu'ils font donc, ils sont polis dans cette maison là, fermer ainsi la porte au nez des gens!... puisque c'est comme ça, je vais en profiter pour vous dire encore quelque chose;

(Au public.) AIR du *Charlatanisme.*

Ce qui m'advint près d'Avignon,
Mesdames, pendant mon voyage
De circumnavigation,
Vous étonnera, je le gage...
De cet incroyable récit,
Certes, je ne vous tiens pas quitte...
Car je sais c'que j'vous dois... Aussi,
Je vous donn' rendez-vous ici
Pour vous en raconter la suite.

Le cordon s'il-vous-plaît !

La toile se soulève, il rentre en scène et le rideau tombe sur lui.

FIN.

www.ingramcontent.com/pod-product-compliance
Ingram Content Group UK Ltd.
Pitfield, Milton Keynes, MK11 3LW, UK
UKHW020445230726
13925UKWH00004B/1815